Pwy sydd yna?

atebol

CAM 1
LLYFRAU PERO
LLYFR 10

Mena Evans

Cnoc, cnoc, cnoc.

"Helô, helô, helô.
Pwy sydd yna?"

“Bw!”

Cnoc, cnoc, cnoc.

“Helô, helô, helô.
Pwy sydd yna?”

“Bw!”

Cnoc, cnoc, cnoc.
"Helô, helô, helô.
Pwy sydd yna?"

"Bw!"

Cnoc, cnoc, cnoc.
“Helô, helô, helô.
Pwy sydd yna?”

“Ali a Jac. Ha, ha, ha.”
“Helô Ali a Jac. Ha, ha, ha.”

Sbardun trafod

Things to Discuss

Pam fod pawb yn teimlo'n ofnus wrth y drws?

Why does everyone feel scared at the door?

Pa liw drws sydd gan Doli?

What colour door does Doli have?

Pwy sy'n chwarae tric wrth y drws?

Who plays a trick at the door?

Beth wyt ti'n feddwl y bydd Ali a Jac yn ei wneud heddiw?

What do you think Ali and Jac will do today?

Wyt ti'n chwarae triciau weithiau?

Do you play tricks sometimes?

Pwy sydd yna?

Cnoc, cnoc, cnoc.

"Helô, helô, helô.
Pwy sydd yna?"

"Bw!"

Cnoc, cnoc, cnoc.

"Helô, helô, helô.
Pwy sydd yna?"

"Bw!"

Cnoc, cnoc, cnoc. "Helô, helô,
helô. Pwy sydd yna?"

"Bw!"

Cnoc, cnoc, cnoc. "Helô,
helô, helô. Pwy sydd yna?"

"Ali a Jac. Ha, ha, ha."
"Helô Ali a Jac. Ha, ha, ha."

Pero

Pwy? Who?	Bw! Boo!
sydd is	Helô, helô. Hello, hello.
yna there	Ali a Jac Ali and Jac
Ha, ha. Ha, ha.	Cnoc, cnoc. Knock, knock.

Mae prif lythrennau a llythrennau bach y geiriau Cymraeg uchod yn debyg o ran ffurf i'r hyn sydd yn y llyfr.

The upper and lower case letters of the above Welsh words are similar to how they appear in this book.

Apiau Magi Ann

Magi Ann apps

Mae **6 ap lliwgar rhyngweithiol Magi Ann** ar gael i gefnogi plant 3-7 oed sy'n dysgu darllen Cymraeg. Wedi'u datblygu mewn partneriaeth â Menter Iaith Fflint a Wrecsam, mae'r apiau hefyd yn galluogi rhieni a gofalwyr di-Gymraeg i helpu plant a bod yn rhan o'u taith. Enillodd apiau Magi Ann y brif wobr yng **Ngwobrau'r Loteri Genedlaethol** am y **Prosiect Addysg Gorau ym Mhrydain Fawr**.

Gyda'r apiau, mae modd:

- darllen y straeon neu wrando ar leisiau yn eu hadrodd;
- gweld cyfieithiad o frawddegau neu eiriau unigol;
- clywed sut i ynganu geiriau unigol yn y Gymraeg;
- gwneud jig-sos, chwarae gemau geiriau, a lliwio i ychwanegu at yr hwyl ac atgyfnerthu'r dysgu.

Mae'r apiau yn adnodd gwerthfawr i gefnogi'r defnydd o lyfrau Magi Ann a gallwch eu lawrlwytho **AM DDIM** o'r AppStore a PlayStore i ffôn glyfar neu dabled, ar blatfform IOS ac Android. Am fwy o wybodaeth am adnoddau eraill i gefnogi defnyddio llyfrau ac apiau Magi Ann, ewch i **https://menterfflintwrecsam.cymru/magi-ann/**

There are also **6 colourful interactive Magi Ann apps** available to support children aged 3-7 who are learning to read Welsh. Developed in partnership with Menter Iaith Fflint a Wrecsam, the apps also enable non-Welsh speaking parents and carers to help children and be part of their journey. The Magi Ann apps won the top prize in the **National Lottery Awards** for the **Best Education Project in Great Britain**.

Users can:

- read the stories on their own or listen to them being read;
- see a translation of individual sentences or words;
- hear how to pronounce individual words in Welsh;
- do jigsaws, colouring and play word games to add to the fun and reinforce the learning.

The apps are a valuable resource to support the use of Magi Ann books and you can download them **FREE** from the AppStore and PlayStore to a smartphone or tablet, on the IOS and Android platform. For more information on other resources to support the use of Magi Ann books and apps, visit **https://menterfflintwrecsam.cymru/en/magi-ann/**

Cyhoeddwyd gyntaf yn 2022 gan Atebol Cyfyngedig, Adeiladau'r Fagwyr, Llanfihangel Genau'r Glyn, Aberystwyth, Ceredigion, SY24 5AQ

Ailargraffiad 2023.

Dyluniwyd gan E.L. ac Owain Hammonds
Golygwyd gan Bethan Mai Jones

atebol.com

ISBN 978-1-80106-193-3

Ariennir yn rhannol gan Lywodraeth Cymru fel rhan o'i rhaglen comisiynu adnoddau dysgu Cymraeg dwyieithog.

Mae cofnod catalog ar gyfer y cyhoeddiad hwn ar gael gan Lyfrgell Genedlaethol Cymru a'r Llyfrgell Brydeinig.

Diolch i Fenter Iaith Fflint a Wrecsam a Gill Stephen,
Prif Swyddog Menter Iaith Fflint a Wrecsam am fod mor barod i gydweithio.

Diolch i'r ysgolion canlynol am dreialu'r llyfrau;
Ysgol Babanod Llanelwy
Ysgol Gynradd Gatholig St. Bernadette
Ysgol Pennant
Ysgol Talacharn
Ysgol y Waun